Je me marierai avec la maîtresse

À Ayman, mon pharaon.
D. F.

Conforme à la loi n° 49956 du 16 juillet 1949 sur les publications destinées à la jeunesse
ISBN 209251002-9
N° éditeur : 10127475 - Dépôt légal : août 2006
Imprimé en France

Danielle Fossette

Je me marierai avec la maîtresse

Illustrations de Jean-François Dumont

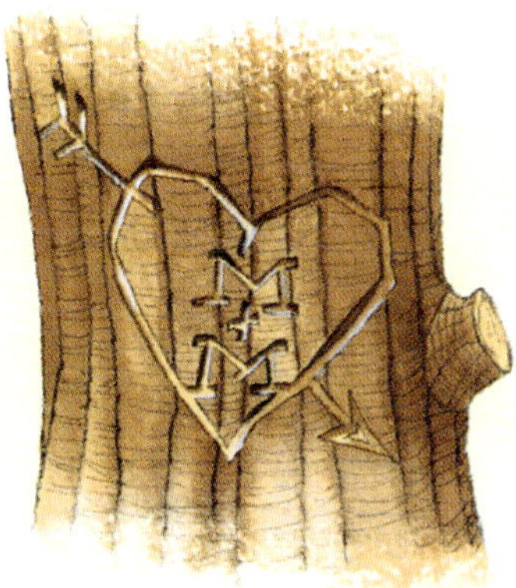

Nathan

J'ai bien réfléchi :

quand je serai grand,

je me marierai

avec la maîtresse !

Pour me moment,

je suis encore trop petit,

mais je grandis vite :

le pantalon qu'on m'a

acheté pour la rentrée

est déjà trop court.

Alors, bientôt, j'aurai
la même taille que la maîtresse.
Surtout qu'elle, elle ne grandit plus.
Je le vois bien : elle a la même jupe
que l'année dernière et
elle est encore dans la même classe.
Moi, l'an dernier, j'étais au CP.
Maintenant, je suis en CE1,
dans sa classe, et je sais bien lire.

C’est important de savoir lire
quand on veut se marier
avec une maîtresse !
Et j’écris très bien aussi.
J’ai même inventé un poème
de quatre vers, juste pour Elle.
Des vrais vers, pas des vers de terre
comme ceux que Clément avait
cachés dans son cartable.

Non, des vers avec des rimes, et tout, et tout. J'ai déchiré une page de mon cahier de textes. J'ai choisi celle du samedi parce qu'elle est rose et j'ai écrit :

Ma maîtresse
est belle
avec des tresses
comme des hirondelles.

J'ai découpé la feuille pour lui donner la forme d'un oiseau. Ensuite, je l'ai pliée en tout petit et je l'ai posée sur son bureau pendant la récré. Je n'ai pas oublié de signer. Pas avec mon vrai prénom, mais avec un vrai gribouillis, comme les grandes personnes le font.

La maîtresse a fait semblant
de ne pas reconnaître ma signature
mais elle a rougi.
Cela voulait dire qu'elle était contente.
Elle a eu l'air un peu surprise aussi.
Peut-être parce qu'elle a des cheveux
très courts et donc jamais de tresses.
Mais ça ne l'empêche pas d'être belle.
Et puis, il fallait bien que je trouve
une rime pour aller avec le mot
« maîtresse ».
J'avais pensé à « tresse »
ou à « paresse »
mais la maîtresse n'aime pas
les paresseux.

Et moi, je veux que la maîtresse m'aime. Je fais tout pour ça. J'apprends même les leçons d'histoire par cœur. Et je mets un « p » et un « h » à éléphant. Et pour faire ça, il faut vraiment être amoureux !
Je m'applique parce que je suis heureux quand la maîtresse écrit « très bien », en rouge, dans la marge. C'est comme si elle collait un gros baiser sur ma joue avec son rouge à lèvres.

J'ai bien réfléchi : Quand je serai grand, je serai pompier.
La maîtresse sera très fière de se promener au bras d'un monsieur coiffé d'un casque.
Et, s'il y a le feu dans sa classe, j'arriverai avec mon gros camion rouge.

Pin-pon ! Pin-pon !

Tous les copains seront là
pour me regarder sauver
la maîtresse.
Mais je n'aurai même pas le temps
de leur faire un petit signe.
Je foncerai sur la grande échelle
et je monterai courageusement
en haut du toit.
L'école n'a qu'un étage,
mais quand même.
Et là, je n'hésiterai pas une seconde.
Je sauterai dans la salle de classe
et j'arracherai des flammes
la maîtresse évanouie.

Ce n’est pas juste !
Au moment où je la porte
dans mes bras, elle me dit :
– Hé ! Maxime ! Tu es encore
en train de rêver !
  Et voilà !
Je me réveille sur ma chaise,
à côté de l’extincteur
qui n’a pas bougé de son mur
et j’ai encore sept ans.
Et il y a au moins douze garçons
comme moi dans cette classe.

Peut-être qu'eux aussi sont amoureux de la maîtresse ?

Pour Thomas, pas de problème :
il est amoureux de Sophie
qui est au premier rang.
Mais les autres ?
Et si la maîtresse préférait Martin
qui est le plus fort en calcul ?
En plus, Martin a des lunettes,
comme elle.
Depuis quelque temps,
c'est toujours lui qu'elle interroge.

Moi, je trouve très injuste
que la maîtresse ait un chouchou.
Sauf si c'est moi.

J'ai réfléchi.
Plus tard, je serai savant.
Je ferai des calculs très compliqués qui dureront plusieurs semaines.
Quand j'aurai trouvé le résultat, je ferai une conférence.
Je parlerai devant une dizaine de micros. Les télévisions du monde entier me filmeront.

La maîtresse sera au premier rang
et elle m'applaudira.
Martin lèvera la main
pour poser des questions.

Mais je ne pourrai pas lui répondre parce que ce sera trop compliqué pour lui. Il ne sait que faire de petites additions.

– 20 + 15 = ??? Ho, ho, Maxime ! dit la maîtresse, tu es encore dans la lune ? 20 + 15, ça fait combien, mon petit Maxime ?

Heureusement qu'elle a ajouté
« Mon petit Maxime ».
Sinon, je n'aurais pas trouvé
que ça faisait 35.

J'ai réfléchi. Plus tard,
je ne serai pas savant,
je serai astronaute !

Comme ça, je serai toujours dans la lune. Et c'est même là qu'on se mariera, ma maîtresse et moi !

Danièle Fossette

Après avoir réalisé des reportages dans plusieurs pays d'Asie et d'Afrique, elle a choisi de s'installer pour quelques années sur une petite île de l'Océan Indien, Mayotte. Un lieu idéal pour faire connaissance avec les baleines et les dauphins, pour écrire sous un gros baobab et pour rêver sous les étoiles...

Jean-François Dumont

Après des études en architecture, il se consacre à l'illustration pour la presse et la publicité. Puis, sa passion pour les histoires de monstres l'entraîne à illustrer des livres pour enfants. Il déteste la noix de coco, mais il adore sillonner les rues de la capitale sur son scooter bleu.

Découvre d'autres histoires dans la collection
nathanpoche 6-8 ans

C'EST LA VIE !

▷ Série *Nico*
de Hubert Ben Kemoun, illustrée par Régis Faller

Tu veux sa photo ?

Farid a la **photo** de Sara ! Il se moque de Nico qui lui, n'a pas de photo d'**Alice**, la fille qu'il **aime** en secret. Comment Nico peut-il **trouver** un portrait de son amoureuse ?

Je ne veux pas aller au tableau !

de Danielle Fossette, illustré par Véronique Boiry

Chaque jeudi, Erwan a **mal au ventre**, car ce jour là, la maîtresse envoie un élève au tableau pour **corriger** les devoirs de mathématiques. Pourtant, Erwan a tout appris par cœur, mais arrivé au **tableau**, catastrophe, il ne sait plus rien !

HUMOUR

Attention, chien PAS méchant !

de François David, illustré par Béatrice Rodriguez

Sans Peur c'est le nom de notre nouveau chien. Il est super sauf qu'il **n'aboie jamais** et qu'il **a peur de tout** ! Pour un **chien de garde**, c'est ennuyeux… Mais pour rien au monde, on n'en changerait !

▷ Série *Calamity Mamie*
de Arnaud Alméras, illustrée par Jean-Louis Besson

Calamity Mamie à l'école

Calamity Mamie accompagne Élise et Romain à l'**école**. En voulant attacher le **chien** d'Élise avec une laisse, celui-ci s'échappe. Pour le rattraper, Calamity Mamie lui court après dans toute l'école. Quelle **pagaille** !

AVENTURE

Moi, Ferdinand, quand j'étais pirate

de René Gouichoux, illustré par Christophe Merlin

« Un jour, une géante me dit :
– Ferdinand, surveille ton **frère**.
– Je peux pas, je suis **pirate**.
– Obéis, Ferdinand. Et toi, Trésor, sois sage avec ton grand frère.
Alors je conduisis Trésor dans ma **chambre**… »

▷ Série *Les aventures du chevalier Bill Boquet*
de Didier Lévy, illustrée par Vanessa Hié

Le chevalier Bill Boquet au secours de la petite souris

En voulant s'abriter de la pluie, Bill Boquet le lutin et Melba la mouche atterrissent dans la maison d'un **chat**. Ils découvrent une petite **souris** effrayée qui doit aller récupérer la **dent** du chat sous son oreiller. Bill et Melba vont-ils l'aider dans sa **mission** ?

Contes

▷ Série *Garou-Garou*
de Ann Rocard, illustrée par Christophe Merlin

Le loup qui avait peur de tout

Un **loup** aux grandes dents et aux oreilles velues, c'est forcément effrayant ! Garou-Garou, lui, a **peur** des serpents, des araignées, des escargots, et surtout du **noir**… Aura-t-il peur, aussi, de Noémie ?

Le Soleil a rencontré la Lune

de Sarah K., illustré par Christian Aubrun

Le **Soleil** est amoureux d'une bien jolie boule : la **Lune**. Pour la rencontrer, le Soleil doit l'approcher. Mais s'il l'approche, elle risque de fondre ! Alors, comment va-t-il faire pour lui déclarer son **amour** ?